구르는 돌

구르는 돌

펴 낸 날   2025년 02월 14일

지 은 이   조태궁
펴 낸 이   이기성
기획편집   서해주, 이지희, 김정훈
표지디자인   서해주
책임마케팅   강보현, 김성욱
펴 낸 곳   도서출판 생각나눔
출판등록   제 2018-000288호
주   소   경기도 고양시 덕양구 청초로 66, 덕은리버워크 B동 1708호, 1709호
전   화   02-325-5100
팩   스   02-325-5101
홈페이지   www.생각나눔.kr
이 메 일   bookmain@think-book.com

• 책값은 표지 뒷면에 표기되어 있습니다.
  ISBN 979-11-7048-837-8 (03810)

구르는 돌

조태궁 제2시집

돌이 되기 싫어 구른다
돌이라 돌로 머무는 건 삭막하다

생각나눔

| 일러두기 |

이 시집은 저자의 의도를 반영하여 표준 맞춤법과는 일부 차이가 있을 수
있습니다.

시인의 말

조각난 글자들을 모아 하나의 선을 만들고
그럴법한 상상을 해내고 내 생각을 얹어서
한편의….
눈만 뜨면 정신없이 지쳐가는 직장인의 일상
잠시 생각 주어진 아침 또는 이부자리 덮고 코 골기 전
한 번씩 흩어져 허공에 머물러 있는 단어들을 불렀다.
매일 또는 하루 걸러 때론 일주일 걸러
이렇게 모인 보따리 평범한 직장인의 세상살이 곁눈
우린 누구나 이미 작가이고 배우이다.
내가 나에게 비친 일부를 담아낸 것이
모든 분 삶 속에서 스쳤던 일부의 기억과
교집합이 되는 것이 있다면 한바탕 웃음 띌 일이다.
늘 따스한 산책길에서 긍정하며 만나고 서있고 싶은 맘

2025년 2월 봄

목차

제3부 | 기찻길

제4부 | 결혼

제5부 | 여울목

제6부 | 구르는 돌

부록 | 기사, 단상

제1부 ···

봄의 소리

배고픈 자동차

누구나 예뻐지고 싶다
꾸며만 준다면
누구나 배부르길 원한다
배고픔을 부러 즐거워하는 이는 없다

있어야만 할 때 주인의 능력이 떨어져
일도 없이 아무것도 해줄 수 없을 때
이 주머니 저 주머니 뒤져나온 것이 동전 900원

허기진 배에 표시도 안 나는 1리터 남짓의 만찬
간신히 시동 걸고 움직일 수 있는 거리 만큼만…
잘난 주인 덕에 허기진 배 못 채우고
오늘도 내일도 주차장서 대기만…

밖에 쌩쌩 달리는 친구들 보면 부럽기만 하다
막 달리고 싶지만 형편 나아지지 않는 주인 덕에
배만 움켜지고 골골
배고픈 자동차

- 23.12.10.(2015년 유난히 힘겨웠던 여름날 기억)

롱패딩

화들짝 추워지면 우리의 멋 어데 가고
한결같은 맞춤복
입으라 한 적 없건만 으레히 주섬주섬

매서운 칼바람 속 영하로 더 떨어질수록
정거장 서성이는 물들인
청춘남녀 옷맵시 앗아가고
남녀노소 옷맵시 없어진
한겨울 유행 국민패딩 롱패딩

누구나 이 옷 속에 얼굴만 빼꼼
맵시 보이지 않는 평등한 겨울
이 겨울 깊어 갈수록 이 몸 감싸안은 옷 속
머무르고 싶은 이들
이를 넘어 롱패딩 모든 이의 롱패딩

산 플로킹

찬 기운이 가득한 아침
산이 아파요 메아리를 찾아
어느새 내가 선 곳 불암산 초입
왜 아프단 메아리가 전해졌는지
한겨울이 녹고 있는 산자락

여기저기 쉼터마다 휴지며
사탕봉지 초콜릿 봉지 쭈욱 찢은
작은 님들의 물결
집게로 콕 집으니 님은 아프다 하고
산은 시원하다 한다

산길 따라 돌고 돌아 다다른 곳 수락산 정상
정상석이 나를 보고 환한 미소 짓는다
때마침 어루만진 나의 손길에
산과 함께 느끼는 행복

아프단 메아리 치기 전
자주 나를 안아주세요
내가 너를 부르며 아프다 하기 전에
먼저 내 손 잡아주세요

새해(24.01.01.)

하늘에서 만들어진 솜사탕
덩실덩실 춤사위 하며 내려오며
땅에 입맞춤하기 전 나와 먼저 부딪친다
나는 31일 땅은 1월 1일

즐겨 입던 낡은 코트 던지고
갑자기 손이 가는 새 코트의 신선함처럼
새해는 그렇게 맞을 일이다

눈보라를 헤치고 상고대를 보며
힘겹게 오른 산정상은 또 다른 31일
언제 힘들었던 양 춤을 추며
발목에 스냅을 주고 얼어붙은 산길을
아스라이 내려와 허름한 주막에서 마주한
한 사발의 뒤풀이 주는 산꾼이기에 맛보는 새해

호화스런 만찬은 아닐지라도
소박한 정성 가득한 아삭한 김치와
떡국 한 사발의 향기처럼
새해는 맞을 일이다

애증스런 기억은 술잔에
묵은 것을 담아 털어 버리고
새 꿈과 도전과 희망을 담아 마셔야 한다

올해가 가는 것처럼 새해가 오는 것처럼
오고 가고 하겠지만
늘 가슴에 새 도전과 새 희망을 품고
새해 앞에 새해엔 서고 볼 일이다

표정들

도시의 속삭임
아픈 구석 콕콕 찌르기에
예서 그나마 이렇게

어제 고백받은 달콤함이
아직도 마음의 갈피를
예서 이렇게

그 많은 사연 다른 표정
한눈에 쏘옥
바라만 보고 멈추는 시선 속
어제의 나를 못 감추고
드러내는 표정들

이 세상 사람이기에
위장도 할 수 없이
어제의 일을 내 얼굴에 담아
횡단보도 신호등 바뀔 때마다
와르르 토해 낸다

누군가 나를 보고 어제의
내 일들도 알 듯
그래도 살아있어 낼 수 있는
산 님들만의 얘깃거리
산 자들의 모습

종이 한 장

실바람에 숨소리 보다도 가벼운 그대
들어도 들은 듯 안들은 듯
손끝에 전해지는 아련함 그대는 종이 한 장

잘난 나와 못난이의 차이나
가난과 부자의 벽 사이 얇은 막 종이 한 장

들은 듯 만듯한 이 사잇길은
아마도 번뇌의 구간
생과 사의 줄타기에서도 늘 사잇길엔 종이 한 장

내 앎이 네 모자람이 엄청 큰 차이 아닌 종이 한 장
이 속에서 숨 쉬는 우리는
평등한 종이 한 장 종이 한 장 사이

차 한잔

봄바람 불 듯 나서 본 외출
탁 트인 전경 파란 하늘에 일소
꽃샘추위 바람 쌩쌩 부는 끝자락 겨울바람
친구 되어 두툼한 옷깃을 헤집는다

전등사 경내 돌아 조용한 정적감
끓는 물소리 뽀얗게 피어오르는 김
서다실에 온기 호 불어넣고

소박한 스님의 옷매무새만큼이나
우려내고 걸러낸 홍차의 진한 향과
목과의 인연은 한껏 엉켜있는 오누이 된다

스님의 일언과 다소곳 존중의
손길 모아 따르는 찻잔의 정성 속에
녹아내리는 세속의 잔 때

마주 보고 보아도 선한 눈망울 속
앙금 없는 선 눈
세속 등진 이 무언의 가르침이
한껏 자리한 귀한 차 한잔

차 한잔 2

한껏 물오른 홍차 한잎 두잎
곱게 펴 말린
돌보는 이 정성 쌓인
맛과 향기 그대로

끓이는 이 손길에 찻잔 속
다소곳 자리한 잎새님들
따스한 물과 입맞춤하며
흥겨운 춤사위 펼친다

정성과 정성이 만나
또 다른 정성을 만들고
삼위일체 된 향기는
밤의 끝자락 추위를 녹이고
서다실의 온기를 한층 더하는 시간

스님의 차 우리는 손길과
맑은 눈망울을 보고 듣는 담소는
세속의 시름 때를 벗긴다
잊혀지지 않을 한낮
가족이 함께한 전등사의 차 한잔

봄의 소리

처마 끝 고드름이 녹는다
푸른 소나무숲 하얀 물감이
서서히 흘러 나리고

산줄기 다고 오는 바람의 향기도
차갑게 털실 엉킴의
틈새를 파고들던 바람도
누그러져 얌전해진다

한껏 가랑비가 내리어 스치고 간
산비탈과 여울목엔
새 생명의 파릇파릇 푸르름의
몸짓이 용솟음친다

산골짜기 얼음이 바사지듯
녹는 소리와 한편 고즈넉한
물소리도 더하니
차가운 겨울이 가고
새봄이 오는가 싶다

아 이 봄이 모두가 기다리는
우리들의 봄인가
너도 나도 한껏 기다렸던 봄

설레임

전날 저녁부터
마음에 긴장감이 가득
잘 잔 듯한데 일찍 눈을 떠
다시 눈감아 보지만
가슴은 쿵쾅 쿵쾅쾅
새 출근길이 60세 다시 잡은 직장이
청춘남녀 첫 미팅에 설렘보다도
더 날카롭게 스며든다
자신 있는데 혹여나 출근 후
그만 오시라 이변이 있을지 모르기에
미리서 긴장 또 긴장
걱정 반 설레임 반

졸음

눈꺼풀이 쳐진다
정신을 차리려 해보지만
어느새 눈은 감기고
머릿속 반쯤은
하얀 세상과 만나
미지의 늪에 빠진다
잠시 세상 이야기 잊어 보는 시간
감미로운 여행 중

일상

그저 눈 뜨고 있는데 지나간다
무언가를 해보고 싶었는데 지나간다
어제보단 오늘을 잘살아 보려 했건만…
내 옷깃 스친 이 감성 실어 애잔한 삶에
회포 풀어헤치고 싶었는데
시간이 늦었나 지나간다

시계추처럼 그냥 보내는 시간이 아닌 하루
누구보다도 열성적으로 마음을 담았다
아직은 직장인 누구나 부러워하는~
어디매 기웃거릴 시간은 사치

육십에 현재에 서있으매 이 자리가 최고인 것을
세월이 마르지 않았음을 알면서
내 서있을 수 있어서 느끼는 일상의 환희
오늘이 내겐 최고의 일상
내가 내게 주는 소중한 하루

아침

살짝 제쳐진 창문 넘어 친구가
실눈 뜬 내 코끝을 스민다
그 바람에 더는 못 있을 이불 속

금시 환해지는 빛날이
파고들며 덩달아 부추기는 덕에
이내 반몸 일으키고

신선한 멜로디 짹짹짹 어느 악기로
견줄 수 없는 새님의 목소리 더하니
반몸 일으킨 몸 벌떡 일어나
아침을 맞는다
세명 친구 덕에 이른 아침을…

해넘이

숨 가빴던 몸 잠시 내려놓는 시간
이 산 끝 저 하늘과 맞닿은 자리
여튼 회색빛 구름 속 님과 화려한 그의
엉킴은 뜨거운 열기와 오늘을 삼킨다

내 옆 노오란 들국화도
연둣빛 칼날처럼 뾰족이 서있던 풀잎도
고개 숙이며 자리 정리한다

이 시간은 자연과 숨 쉬며
호흡한 모두가
잠시나마 자유를 만끽하며
오늘을 삼키고 그 힘으로
또 다른 내일을 준비하는 시간

늦잠

고단 했었나 부다
오늘 여유를 찾기 위해서
눈을 뜨니 창밖엔
추적추적 나리는 빗소리 들리네
곤하게 맛본 꿀맛이
내 마음을 오늘 지배할 것이다
누구나 이것 해 보았으면 할걸
나는 해본다
아, 행복하다~

끝사랑

왜 붙잡고 있었을까
저 싸가지 없는 것을
나와 섞인 엉킴이 또 다른
엉킴을 만든 인연의 덫

왜 내보내지 않는가
언제나 화근 덩어리인 것을
한껏 무시해도 네 욕하는 이
없는데

왜 움켜쥐고 있는가
그놈의 품은 정 낳은 정 무시라고
넘들마냥 탄탄대론 아니어도
그냥만 지냈어도 좋았을 것을
못나고 못나서 속끓이는 덕에

이 어미 구십을 넘고
그 끓인 가슴 털어내지 못하고
갈 길 멈추고 서있네
다 잊었음 좋은데 지워지지 않은
마법에 엉켜
이 몹쓸 것들…

순응

어둠이 아직은 주인이고
이제 곧 새로운 주인이 온다
발끝만 디디면 바뀔 때

내주기 싫은 어둠과
기다리면 오는 미명의 아침이
힘 시위하는 듯하지만

어둠의 억측일 뿐
빛은 빛의 칼날로 자연스레
베고 있다

잡고 가진다 하여
잡히는 것이 아님을 안 듯
어느새 자리를 내어주고 있다

자연의 순환 순응
자연스레 때가 되면
그렇게 바뀌거늘
가고 오매 내 것만 움켜쥐려
하지 말고
순응을 하면

아내의 손길

오묘한 오감을 뒤흔든다
살포시 다려 함뿐이었는데

심장이 쿵쾅쿵쾅 콩닥콩닥
어깨선을 스치듯 살피며
내려오는 손끝에
내 맘이 감겼다

진즉 알고 있지만
여지껏 한 번 내색 없이
당연듯 지쳐온 세월

내 어깨가 아닌
아내 손끝을 기억하고
그 사랑을 한 줌 두 푸대
한 아름 안겨주고플 때

이제사 철드나
이분 마음 철드는데
아득해지기 전
지금이라도 아는 듯하니
다행 중 다행
그 손길 늘 내 가슴에 남아
이젠…

상상

연못이 펼쳐진 정원에 앉아
물끄러미 뛰노는 금붕어의 속삭임도
듣고 싶고
올챙이라도 되어 물속 친구들 사귀고 싶다

그들 속 이야기는 무엇일까
우리네 이야기는 온갖 희로애락 담은
보따리가 춤을 추는데

그들만의 보따리는 사는 세상이 좁아
즐거움만 있고 걱정 없다는 착각에
우리 보기에 좁은 것이지
그들에겐 그 연못이 엄청 클 수도

우리가 예서 안 가본 데 있듯
물속 님들도 안 가본 데 있을듯
아직은 젊어 휴일이 아닌 날은
일에 묻혀 하늘 옆 뭉게구름이 어쩐지
모르게 지나간다

한 번쯤 크게 심호흡하고
어디 숨을 때를 찾아본다
숨을 때를 찾았네
아 지금 이 글을 쓰는 오 분~

아내의 손길 2

투닥투닥 스스슥
변치 않는 멜로디 쉬어가도 좋으련만
뚝딱 차려내는 그 덕에
오늘도 한술 뜨고 나설 수 있다

앉아서 일보는 시절 넘어
언젠가부터 연실 몸과 하나 되어
힘도 써야 하는 일이기에
거르고 나감 안 된다고
언제나 정성을 담는다

이제 예서 문고리 놓치면
안 될세라 새 문고리 잡기 힘듦을 아는 터
집중하여 하루일 완성하고

마주한 눈빛에
손스레 하기 전
금시 지져온 부침에
막걸리 한 사발을 건넨다

하루 각기 다른 일터에서
같이 뛰었는데
누리는 만감
정승 밥상 부럽지 않다
언제쯤 저 바쁜 손을 쉬게 할꼬

그림자

새벽 소낙비

잔잔히 오는 듯하더니
점점 더 창문을 거세게 두드린다
갑자기 쏴악 쏴악 퍼붓는다

먹구름이 지쳐 갔나
어느새 잔잔해진다
세상 허물들을 델꼬 갔을까

어제까지의 팻국물은
남김없이 모셔 갔으면 좋으련만
꼭 숨어서 매달려서 안 간 것이

새 아침에 낑겨 시작된다
언제나 큰비와도 싹 쓸어내진 못한다
서로 공생하며 내 것을 찾고
또 부족하면
새로운 소낙비를 기다린다

가로등

별이 밝을까
내가 밝을까
부릉부릉 차 소리도 멎는 자시
도심 골목길 내가 왕이다

별을 좋아할까
나를 좋아할까
인적 끊어진 호젓한
산골 마을에선 혹여 몰라도
여기선 나를 더 바라본다

우두커니 서 있기만 할 뿐인데
밤에는 별보다 나를 더
여자의 맘을 훔치는 재주 있나
중년 부인보다
소녀일수록 나를 더

발자국 소리가
감추어지기 전까지
나의 시선은 그를 바라보고 있기에

나의 눈빛도 여심에
갇힌 듯 멈추어 있기에

그래서 예선
별이 싫어서가 아니라
나를 좋아하는 필연
난 이 밤 여인들의 아랑드롱

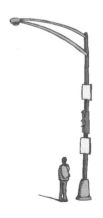

그리움

아침이슬 머금고 피었다
해지면 지는 저 꽃잎에
내 마음 실어 보낸다

지칠수록 새삼스레 기억되는
그 무엇에 끌려
하루의 풀을 헤쳤다

웃음 가득 입꼬리 올라간 그 추억만이
그리움이 아니다
번민과 갈등의 우물에 갇혀
숨 가쁘게 나오려
발버둥쳤던 기억도 그것의 한편

보고 싶은만이 그리움 아닌
아픔도 슬픔도 깔깔대며 만세 부르던
기쁨의 한순간도 모두가

전에는 하나의 그리움만
그리움인 줄 알고 쫓았지만

이제는 모든 내 느꼈던 것이
그리움이 된다

내게 그리움은 조각배가 아닌
만선이 되어
내 책 내 페이지에 스미어 웃는다
이래도 되지 내 그리움
그리움은…

6월의 꽃잎

다소곳한 그 모습은 중년의
양반 댁 규수라 해도
4월에 진달래가 18세 청춘 향기라면
5월에 장미 진한사랑 머금는
2030의 화끈한 감성이라면
6월에 접시꽃에서 중년의
은은한 듯 열열한 사랑을 엿본다

한여름 시작을 알리고
한여름 끝을 알릴 즈음 시드는 꽃잎
둥근 하얀 꽃 주황색 꽃술에서
지지 않을 중년의 자신감 접시꽃

담장 넘어오는 일화로 익히 아는
빠알간 능소화에선 꽃말 그대로
진한 그리움을 알리며 피어난다

하얀 접시꽃과 빨간 능소화가 피면
여름 시작됨을 안다
그리고 이 꽃잎들이 지면

여름내 뜨거웠던 열렬한 사랑도
그리움도 진다지만

시작하면 안 지고 싶다
꽃잎이야 지겠지만
여름 6월에 피는 꽃잎과
시작한 사랑은
해가 아무리 바뀌어도
안 뺏기고 싶다

6월 꽃잎이 진다 하여
지는 것이 아니고
언제나 돌아와 늘
그 자리 지키고 있을 터
진다 하여 같이 지면
속는 것이다…

리어카

해거름 무렵 박스 뭉치 한 짐
옭아맨 리어카 한 대
기역 자로 굽은 허리 끼어
꽉 움켜진 손잡이에
파고드는 햇살과 묻어나는
구릿빛 손등

바람에 흩날리는
은색 머릿결의 춤사위
여러 날 입었을 듯한 해진 옷 그대로
힘겨운 발걸음 뗀다

힘에 부쳐 못 나아갈 거 같은데
누군가 밀지 않음 못 갈 거 같은데
꾸역꾸역 굴러간다
스스로 헤쳐 오고 갈 삶의 무게든가

잠시 쉬는 듯하나 나무 기둥 옆
박스 한 줌 주섬주섬 펴서
더 못 얹질 것 같은 박스 산에

만세 부르듯 두 팔 벌려 얹는다

행길가 어둠 짙어 오고
털썩 앉아 꼬깃꼬깃해진
주머니 속에 담배 한 개비
꺼내 물고 하얀 연기에 오늘을
싣는다
그 할멈 삶의 무게를…

옥두징기

아프다
그저 아프다
위로의 고운 말은 찰나의 위안이다

그래도 제일 위안은 두툼한 갑옷
빨간 옥두징기 아직도 최고다

바르면 다 낫는다고 늘 부모님께서
말씀하셔서 다치면 제일 일 순위로

은연중에 길들여진 삶
이것이 주기도 뺏기도 할 터
하지만 오늘은 가감 없이
옛이야기를 믿고 옥두징기 바른다

- 06.16. 북한산 둘레길 산악 마라톤 연습 중
나무뿌리 걸려 뒹굴고

나에게 시란

나에게 시란 숨구녕이다
나에게 시란 자아를 돌아보는
등불이다
지치면 지친 대로
흥이 나면 흥이 나는 대로
내 감정 바람결에 날리듯 표현하는 것

별이 쏟아지는 밤하늘을 보면서
꽃내음 가득한 정원 벤치에 앉아
내 얘기를 옥구슬 구르듯 표현은 못 하지만
내 부대끼는 시멘트 숲 공간에서
내 보따리를 풀어헤친다

내게 시란 삶의 몸짓이다
거짓을 쓰면 거짓이 되고
참을 쓰면 참이 되는 것이다
이유는 없다
내 방식 대로 내 숨구녕 멈추지 않기 위해

나에게 시란
내 눈으로 보이는 세상 풍경 담아내는 것
나를 돌아봄이고 지킴일터

색다른 만남

한낮 더위 어둠에 밀려
차창 밖 바람이 분다
고향 고속도로길 시원하게 뚫려
막힘없이 질주한 이백오십 리 길

가신 지 어언간 열네 해
좀 더 계셨으면 하는 바람은
아내에게 이어져 동갑인
엄니는 구순을 하고 하나가 되셨다

남매들이 모여 잔을 드리고
인사를 드리고 기억한다
새록새록 옛이야기 나누며
성품을 평하기도

합문하고 잠시 본
밤하늘 동그란 달님 쏟아지는 별빛
칠흑의 어둠 시골은 이런 곳
아 좋다, 눈꺼풀은 감기지만
도심을 벗어난 짧은 오후 그리고 만남

어머니 모시고 되돌아오는 길
늦은 시간 눈을 안 붙이시고 안전운전
졸음을 감시하시는 듯
꼿꼿한 모습에 아버지를 엿본다
아, 내년도 만나야지요^~^

애인산

한달음에 보고파 왔소
껴안은 내 팔이 행복하다오
그렇게 보고 싶었는데
어찌 참았나 물으면
이리 맞닿아 엉켜있는 속살의
숨소리를 기억 또 기억하니

발이 디디고 간 자욱 따라
손끝이 잡고 만지며 간 길 따라
흙도 바위도 풀잎도 나무도
사랑이 새록새록 배어있기에

거친 내 숨소리 받아주는
언제나 머무르며 반겨주는
그 맘을 어디 견줄 수가 없기에
한달음에 이렇게 또 왔소

내 하소연 들어주며
새 맘 안겨주는 그대 품속은
깊이를 알 수 없는 큰 그릇

일주일에 한 번 그대의 속삭임 마주하지만
매일을 보내는 내 가슴에 남아
응원해 주는 그대가 있기에
내 행복은 멈추지 않는다오

그림자

나의 몸짓 표정 그대로
졸졸졸 따라 다니며
나를 소개한다

휘리릭 지쳐 보냈음 했는데
그는 그리해 주지 않아 야속하기도
웃으면 따라 웃어주고
슬퍼하려 하면 슬퍼해 주니 내겐 단짝

아침엔 나보다 작게
점심엔 동등하게
저녁 해거름 다가올수록
나보다 커져
나의 엇나감을 감시한다

해님이 미소 짓는 아침부터
하루 해지는 저녁까지
행여 때늦음 실수로
하루를 조롱받지 않게
지켜보며 동행하는 찐친

그림자 2

나는 등불이고 싶어라
내 모습은 비록 보이지 않은
영혼처럼 보이겠지만

나는 항구이고 싶어라
누구나 멈추어서 쉴 자리 찾으면
제일 먼저 눈에 띄고 쉴 자리 되는

억측 같지만 드러내지 않는다 하여
보이지 않는 것이 아니듯
누군가에 늘 등불로 남아
어두운 그 무엇 아닌
밝은 그림자 되어주는…

그림자 3

그대와 나의 언약의 산 증인
아니다 우겨도 이미 보았는걸
느꼈는걸

시간이 가고 날이 해가 바뀌있다고
아니다 우겨도 이미 보았는걸
청명한 그 들녘 갈대밭에
속삭이던 언약을

그 가냘픈 몸짓에 바람결에 흔들리는
갈대숲에서의 나비 같은 춤을
그대와 맞닿은 촉촉한 입술의 설렘을

시간이 지나 잊을법한 기억까지도
모든 기억하며 새겨진 그 속
테이프 복사되듯 되어 내 삶에
삐딱함을 조정한다

푸념

청춘의 피 끓는 힘은 어디 가고
모래해변 힘없이 발에 차이는
빈 조개 껍데기처럼
약해진 나의 육체여

세월에 장사는 없는가
그렇게 가면 무조건 따라야 하는가
시계추에라도 매달려
멈추고 싶다

어쩌다 아침에
어제의 고단함이 고스란히
남아있는 듯
찌푸린 내 살결 근육의 부딪힘
투정 보니
아련해지는 아침

자연향

거친 나무뿌리에 코끝을 갖다 대니 향기가
풀과 풀 사이 헤집고 그 속에서 묻어나는 향
나무잎새 입에 대고 눈 감으니 스며드는 향
자연이 주는 선물

아 벌렁 누웠다 파란 하늘이 초록 물결에
감추어져 언뜻언뜻 보인다
짹짹짹 새소리 청명한 클래식
실바람에 눈을 감으니 그저 평화

손에 닿은 낙엽뭉치 조물락 조물락
그 옆 세상 모르고 기어가는 개미에게
휙 하니 던지니 내 호기심이 행패가

치워 줄세라 호 하고 불으니
배려가 그에게는 태풍으로
가만가만 가만이가 나도 그도 편하다

숨을 들이키며 자연을 마시고
내쉬며 내 모르게 스며있는 그 무엇을 토해내고

이렇게 머무르면 그리고 묻어가면
녹록지 않은 도시의 삶이
견딜 만할 터이다
오늘의 자연과 숨소리 교환 덕에…

그림자 4

이른 아침부터 날 보러 왔소
어디 안아봅시다 허허
꽤나 바삐 보고 싶었구려

이제 새로운 일에서
새 홀씨를 찾은 것을 어떤 소문에
여지껏 바람이 불면 부는 대로
물이 흘러 강이 되고 바다가 되듯
붙어 온 엉킴 덕에

내가 안 보이면 찾을 것이요
그늘에 가리면 한참을 못 볼 터인데
그늘이 좋아서가 아니라
잊고 싶어서도 아니지만

그래도 안 보이면 찾을 것이요
기다리고 기다려도 안 오시면
해님을 만들고 그대를 찾기 위한
모든 할 것이요

내가 안 보이면 그대가
그대가 안 보이면 내가 언제나 함께 움직이는
한몸 된 지 오래이기에
찾을 것이요
그리고 늘 그랬던 것처럼
함께할 것이요

그림자 그림자가 되고 싶고
훨훨 내 그림자 별빛 위에
청사초롱 매달고~

주말

설렌다
들뜬다
낼 만큼은 나의 날이다
내 좋은 것 찾아
나와 놀아주는
기다리고 반겨주는 벗들과
함께 시간 가는 줄 모르고
있을 터이니
이것이 주말
행복이 넘치는 시간들

순환

새벽은 아침을 만들고
아침은 점심을 만들고
점심은 이내 저녁을

해님이 가고 달님이 오기까지
그 뒤 수많은 별님이 쏟아져 내리는
어둠까지 제법 길 거 같지만
하루가 안 될 터

하루가 모여 한 달
한 달이 모여 일 년
일 년이 지나고 지나
검은 머리 하얀 서리 내리고
난 자리 찾아가는 것처럼

이내 눈을 감는 시간 맞이하고
이내 또 기지개를 하고
돌고 돌며…
새로이 나고 서고…

촛불

바람 한 점 없는 방 안이
내겐 아름목
노란불꽃 파란불꽃 빨간불꽃
서로 자랑질 콧노래에

녹아내리는 내 몸이 내 몸인 줄 모르고
불꽃 힘자랑 어리석음
희생이 있어야 내가 승화되는 것은
그래도 아는가

태워 주는 이 있어 내가 어둠을
밝힐 수 있는 진리만이라도
기억됐으면…

물방울

가볍다 맑다
하늘로부터 오는 빗방울
물방울 되어 풀잎과 톡 부딪치는 청아함이
가슴 시린 자욱 걷어가고

보이지 않게 스며 스민 흐른 자욱 남기고
맑디맑은 채로 동그라미 그린 채 나를 본다
무언의 교훈

진실한 나의 눈도 뚜렷이
응시하며 또 다른 교훈을 기다린다
아, 물방울처럼 살면 되는 것인가

제3부 ···

기찻길

어릴 적 회상

구릉진 언덕 위 흙장난
쪼그리고 앉아 조물조물
멋진 성도 만들고
내 집이다 하하하 웃고

해 지는 줄 모르고…
궁아 궁아 엄니의 외침에
줄행랑쳐 세숫대야 물 고이고 씻는 척

회초리 들고 화부터 쏟아붓지
안은 자상함을 먼저 배운 덕에
지금 나 또한 이렇게

자연스레 적응하고
뛰놀던 그 기억 그 놀이 그대로
세월은 가도 기억되는
순수함

빈 항아리

저 하늘에 별을 따서 항아리 넣었는데
저 하늘에 구름 잡아 항아리 넣었는데
시원하게 부는 바람도 담아와 넣었는데
빈 항아리

놀부 욕심을 가져다 채우면 채워질까
흥부 지혜를 담으면 채워질까
차고 넘칠 듯한데 빈 항아리

기쁨이와 슬픔이 불행이와 행복이까지
채우니 채워지는 듯하더니 빈 항아리
사랑을 가득 담아와 채워도 빈 항아리

아 이미 채워진 것을…
눈에 보이지 않는다 하여 계속 들어 부으면
차고 넘치는 아픔을 소리 없다 하여 모르니
가슴을 쓸어내릴 일
빈 항아리 속 진실을 엿보는 지혜
빈 항아리

베다

창공을 춤추는 칼날에 베었다
핏빛 물결이 해 저무는 노을처럼

하얀 천사의 옷깃 한 조각
바람에 실려 떨어진다

아 베지지 말아야 할 것도 베진
이미 섞여있어 골라 벨 수 없는
명검객에게도 그만한 이유가 있을 터

노을이 지고
아침이 오는 것이 순리임을
이 아침은 새롭다

그림자 5

항시 미명의 아침 지나
자리하고 기다렸었는데
오늘은 안 보인다

흐린 구름만 그리고 하늘에서
보내는 물벼락 덕에
잠시 잊혀져 버린다

간절하지만 볼 수 없다
내가 만든다 하여 만들어지는
것이 아님을

늘 그런 원칙 타협 속에 묶여져 있었다
해님이 자리해야만 보이는 것이 아님도
앎은 그새 철들은 탓인가

늘 해님이 있어야만 하는 그림자
낮을 넘어 해가 진 어둠 속에도
가로등 불빛이
낯선 음식점 불빛 아래서도

늘 지켜보며 마주할 수 있다

그림자는 햇빛이 있어야만
함께하는 것을 넘어서
이제는 서로의 영혼을
감싸 주고 늘 머무름에
삶의 긴장이 더해진다

아 함께하는 그림자와 춤추는
내 영혼에 응원을~

빗소리

밤새 필하모니 연주에
귓가가 호강이다
빗방울 흩날리듯 나리다
함께 모여 우르르 쏟아낼 때 하모니
중간 사이사이 우르르 꽝꽝
번쩍이는 소리음의 극치

다시금 합창 소리가 점점 빠르게
점점 높게 고조되는 이 합주는
예술가가 펼치는 지휘봉의
한계를 넘는다

잠시 감긴 눈 뜬 묘시 아침 여전한 음율의 파고가
하늘의 신과 땅의 신 만남이 이어지면서
같은 듯 다르게 들리는 섬세한 멜로디
자연만이 주는 선물

진한 커피 향내음 이 음악 소리 일 때
최고의 가치가
한쪽의 낭만을 접어두고

시름에 잠길 농민의 한숨에
나의 시도 여기서 멈춘다
점점 더 강하게 쏟아붓는 비
멈춰 주었으면…

- 07. 07. 천안 화성리 장모님 기일 지낸 아침

포용

휠휠 날갯짓
자유로운 몸짓
허공에 매달려 있어도 편안함
아무 생각 없이 비우고

어떤 푸념을 토해 내도
다 들어줄 수 있고
간섭하지 아니하고
따지지 않으며 인정해 주는 것

빈만큼 채움이 자유스러움은
이미 비워진 자리가 있기에
늘 그를 위한 비움은
차고 넘침으로 오를 범하지
않기 위한
옷깃의 첫 단추

고드름

한겨울 뽐내며 차고 찬
겨울임을
알려주는 종소리

깊은 산중 초가 처마 밑
짚세기와 엉켜 하얀 지붕
잿빛에 놀라 한낮 떨어지다

어스름한 오후가 될 무렵
자그마한 투명 뾰족한 지팡이
밤새 요술을 부렸던가
훌쩍 커지고 단단한 천연동굴 종유석처럼
자태 뽐내며 최고의 자랑질

여름이면 더위 확 가실 만큼 늠름하다
매서운 추위 칼바람 눈보라
해 없는 밤을 즐기며 벗으로 삼는다

이색적인 자연의 미
그리고 반겨 주자니 반기고 싶지 않은 손님
허나 후덥지근한 오늘은
그대를 안고 싶다

기찻길

내 옆엔 조약돌이 그 너머엔 흙이
그 옆엔 허름한 슬레이트 지붕이
고적하게 자리하고

한길 건너선 벼 이삭 누렇게 물든
황금 들녘이
한 치 건너 그 자리엔 녹색으로
치장한 곡선의 선율이 눈길을

내가 뻗은 직선 따라 때론 곡선 따라
함께하는 벗님들 있어
외롭지 않을 터

그중 으뜸은 나의 연인이다
매일 약속을 안 해도
비스무리 정해진 시각에
삑 기적음 울리며

나와의 입맞춤은 시작되고
한칸 두칸 지쳐가며

입술서 가슴으로 그리고 점점 더
온몸의 열기 속 황홀경에

내 길이 무릉도원인 양
그도 나도 즐긴다
이런 뜨거운 열정에
샘 부리는 벗 나를 받치는
침목의 장난끼 있지만
그 또한 영원한 관객

내 길이 사람들의 희로애락을 나르고
꿈과 희망 열정을 다짐하기도 하지만

내가 그와 살가운 마찰이
점점 더 타오를 때의 뜨거운 욕정
그를 기다리고 만나는
그것의 이유
예 존재하는 이유

91세 어머니의 부침

삼복더위 중 초복이 낼모레인데
일주일 전 마늘 갖다 드리고
마늘 까 놓으시라 일 시켜 놓고

안부 전화 드렸더니
마늘 가져가라고
부침하시라 하시고
막걸리 한 병 사 한달음에

이미 해놓은 반죽에 지글지글
후라이팬에 부침이 노릇노릇 익어 갑니다
담백하고 고소하고 천하일미
세상에 부침 만큼은 어머니보다
맛나게 하는 분이 없습니다

구순이실 때와 올해 변한 게 있다면
정신은 말짱한데 몸이 말을
생각처럼 안 듣는다는 넋두리
삶에 대한 예언
3~4년만 더 살면 갈란다

꼭 저와 일주일에 한 번
막걸리 작년엔 한 잔
올해는 반 잔

아직도 이 얘기 저 얘기 기억력은
젊은이보다 좋고 계산도 빠르지만
백 세는 자식의 욕심
생과 사는 본인이 정하는 게
아니시라고…
내년에도 꼭 먹고 싶은 어머니 부침

은행잎

낭만의 거리 연인들 발걸음
가을이 오면
하늘은 파랑 물감으로
거리는 노랑 물감으로 물든다

뉘 참견을 겁내 하지 않으며
최고가 된다
연인에게서 계절 중에서 낙엽 중에서

아무도 없을 때 오히려
자기들끼리의 뒤엉킴 속
재잘거림은
소년 소녀들의 소꿉장난만큼
앙징스럽다

바람이 부채질을 더할수록
주변과 어우러져
오색물감 쏟아부은 광경 속
노란 잎의 춤은
이상스레 보는 이의

마음을 턴다

예선 뉘 보아도 으뜸
이 계절의 으뜸
연인 거리의 으뜸
낙엽 중의 으뜸
갖은 감성 뿜어내는
마술사

상고대

칼바람 휘돌아 나가는
산 중턱 넘어 8부 능선 바람꼴
겨울 산의 걸작품이 펼쳐진다

봄 여름 가을 내리는 엉뚱한 이슬도
겨울엔 밤을 새우고 나면
하얀 얼음꽃으로 화장한다

한겨울 깊어 갈수록
살아서 죽어서 천 년을 지키는
꽁꽁 얼어붙은
주목 위의 눈꽃은 찬란 그 자체

너나없이 하얀 갑옷으로
유리알처럼 눈부시게
빛나는 얼음꽃

손발 아리게 시린 채 예
서 있노라면
더위에 지친

우리의 반전이 시작된다
상고대 핀 여름
아후후 추웡!

먹구름

잠시 모습을 보일 때는
흔구름과 어우러져
한껏 보기 좋은데

하늘 전체를 가리니
땅의 세상도 어둑
하늘은 하늘로서의 멋도
사라지고

잔뜩 찌푸린 하늘을 만들었네
그 힘으로 결국은
토해 내는 빗줄기가
점점 땅을 삼킨다

예쁜 모습은 없다
먹구름 지금 이 시간
본인의 자태를 뽐내지만
그저 존경받지 못하는
먹구름일 뿐이다

그림자 6

너와 내가 손잡은 이유
너와 내가 손 뗄 수 없는 이유
너와 내가 같을 수밖에 없는 이유
내가 여행을 가도
내가 함빡 웃으며 행복해할 때도
내가 붉을 눈시울 붉히며 슬퍼할 때도
내가 누구도 모르게
사랑을 속삭일 때조차도
엿보는 것이 아닌 함께하는 너와 나
내가 눈을 감으면 너도 감겠지
그리고 또
그곳에서도 너와 나의 여행은 이어지겠지

골목길

숲속 산새들의 재잘거림처럼
앞집 개구쟁이 궁이는
엄니의 변함 없는 잔소리가
위층에선 물 내리는 소리가
시끌벅적 소리가
이구동성인 여기가

시멘트 숲속에 갇혀
비지땀 흘리고 숨죽이다
일상을 마치고 들어선 길
첫 쉼터이길

서로의 삶에 엉켜 부딪치는
하루를 토해 냄이 자유로운 곳
왁자지껄 시비가 있을 법하지만
모두가 비슷해
서로의 외침에 시비 걸지 않는 길

대문 들어서기 전
맘껏 나의 일부를 털어내도

시비 없는 엄니 품속 같은
따스한 행복감 주는
이 길 골목길

하늘의 눈물

언제부터 아픔을 참아 왔을까
그간 한의 깊이가
새삼 일주일을 토해 내고도
어제 밤새 쏟아 부으며 울어 댔는데
지켜보는 이 맘이 맘이 아니다

아침이면 그만할까
아직도 맘 응어리 남아 있는 듯
점점 더 세게 울어 댄다

하늘의 상처를 어루만져 줄 이 누구
높디높고 넓디넓어
선뜻 팔 벌려 감싸 안기 턱없지만
누구라도 힘을 보탤 터
내가 먼저 나서본다

하늘아 하늘아
네 아픔을 함께할게
너무 다른 세상에서 모습만
보여주고 있어

손이 안 닿는 세상인 줄 알았네

네 아픔을 땅이 받아주고
여기 중간 모든 만물이 받아주니
아픔을 내려놓으렴
그리고 언제든 네 편이 되어줄게
이제사라도…

산과 함께

때마침 어루만지는
너의 손길에
아픔은 반감 되고
살아나는 나의 미소

아프단 메아리 치기 전
자주 나를
안아주세요

내가 너를 부르며 아프다
얘기하기 전에
슬며시 내 손잡고 있으요

언제나 나의 가슴은
그대의 가슴과 맞닿고
있고 싶소

앞

언제나 졸고 싶어도 피할 수 없는 자리
늘 모든 스쳐 토해 내는 것을
가림없이 다 받아내야 하거늘

행여 보고 싶지 않아도
눈 감을 수 없고 눈 감는다 하여
보이지 않는 것이 아니기에
여긴 늘 긴장의 연속

눈 깜빡하면 잊혀지는 것이 아닌
부딪쳐야만 하는 곳
그래야 내가 선 자리가
어느 곳인 줄 알고

언제나 담 크게 온갖 만 일
다 받아낼 자세로
씩씩하게 서 있음을 일깨우는 곳
여기 앞
앞이 뒤가 아니기에
당당히 맞서며 가슴 펴야 할 곳

뒤

보이지 않는 손이 있다면
말없이 묵묵히 행하기에
있는 듯 없는 듯 못 느끼며

앞으로 나아가기 시러
뒤로 기대며 비벼대고
문지르고 온갖 화풀이에도
뒤돌아보지 않아도
우직하게 버티며 격려해 주는 너

앞이 낙심하며
쏘아붙이는 만 일들을
언제나 무표정하게
뒤를 바쳐주니
그 덕에 앞이 설 수 있어

누구나 뒤를 기억하기엔
너무도 안 보이기에
언제나 뒤가 있어
당당히 존재함을…

휴가

쉬는 거
한낮에 한잠 꿀잠도 즐기고
바람 따라
어디든 자유롭게 나는 새가
되기도
맘껏 헤엄쳤는데 제자리지만
눈치 볼 필요 없는 내 시간

그저 내 맘대로
나를 터치받지 않는 일상 중 이 시간
쉼을 맘껏 즐겨 보는 거

호수가 보이는 카페에 앉아
고상한 자세로 심오한 표정도…
창밖의 아침 안개가 절경을
가려도 화내지 않고
기다릴 줄 아는 바쁘지 않은 하루

글이란

공부를 많이 해야 쓰는 줄 알았다
지식이 많아야
다채로운 경험이 있고
우려낼 줄 알아야

정작 한치의 삶이 여유롭지 못하다면
그것은 바라보는 그림 갈망하는
그리움일 뿐 행하지 못한다

결국 나에게 글은 조금의
여유가 생겨야만
가능한 것임을 새삼 깨닫는다
과거엔 더욱 그랬고
지금도 바삐 일속을 헤매다 보면
하루 한 줄을 쓰는 것조차
맘 내기 힘들다

그런들 글은 사치인가
여유 있는 이들의 달콤한 자랑인가
그래도 글은 여유 있을 때

나를 들여다봄이라

맘껏 고운 문장 홀릴 수밖에 없는
낭만의 문구를 불러오지
못하는 나의 생각과 그릇은
언제쯤 다른 모습으로
차고 넘칠지…

언제나 서민적 삶에서
파닥파닥 애고를 담는 듯하여
지친 나의 글이
싫어진다

담백하고 옥구슬 구르는
글귀 문맥 표현들이
부럽다 언제나 하늘 보고
척박한 삶을 노래하지 않으려나

내 생활이 바뀌어야 가능
아직은 그냥 내 생활의

일부를 풍미할 수 있을 뿐
바뀌면 바뀐 줄 모르고
귀족 태가
어느새 묻어나겠지
함박웃음 하겠네~

제4부 ··

결혼

손끝

내 만세 부르니 하늘 밑
내 앞으로 나란히 하니 맨 앞
내 차렷자세 하니 딱 어중간

내 몸의 가장자리
내 수수함의 가장자리
내 삶의 가장자리

내 시작의 초입
내 맘가짐의 초입
내 삶의 선발대

끝을 끝이라 명명하지 않고
도약을 위한 시작점이라
발언코 싶은 역발상의 아침
손끝

홀라당

걸치지 않는다는 자유
엄니 배 속 잉태하고
세상 나올 때로 돌아가 보는 것

아, 이 순수
60년 때를 묻힌 것을
지금 잠시 잊어본다

내 덕이 아닌 자연의 덕에
하지만 편하고 자유롭다
서울의 열대야가 나를 벗긴다

새벽 줄 서기

새벽 줄 서기
맛난 음식 먹기 위함도 아니고
좋은 관람 줄도 아니고
그저 어제의 한 짐을 털고저

한 리어카 폐지 가득
오늘을 버티기 위한 손에 쥘 일당
노년을 버티는 할매 할아범
삶의 애잔함

누구나 그럴 수 있을법한
직업을 졸업 후 맞는
노후 뒤안길에 선 한 모습

안부

더위가 사람을 만들고 있다
더위 핑계로 이삼일 한 번이
요즘 매일로

이렇게 신경이 가는 건
91세 노모가 떨어져 계시기에
지금 막 뵙고 오누이님들과
수다 떨다 일어나
막차 전철에 올랐다

이리 뵙고 수다 떨다 가는 기분이
최고인 걸 오랫동안 이어지고
싶음은 내 사치일까

서울이 더위에 내 옷을
원치 않는 이들의 옷까지 벗긴다
하지만 안부를 물으니 좋다

더위 탓에 일터에서 짜증 넘어
한편 세상사 돋보기 보듯 다가선

이것이 내가
지인들에게
아니 어머니에게 드리고 싶은
안부…

선선한 바람

얼마나 기다렸을까
아침이면 아침마다
저녁이면 저녁마다

이제사 분다
더위는 진짜 도망가고 있는 걸까
여름이 길면 지친다
가을을 기다리고

가을이 오면
너무 빨리 가버리면
가는 계절 붙잡지 못하는
세상사 이치를

선선한 바람
넘 상큼하고 좋다
가을이 기대된다

설렘의 계절
선선한 바람 덕에 여유
이유 있는 아침

여름 가고 있니

지리산 중산리 어느 골짜기
시원한 계곡 물소리가
발 담그니 오금을 깨치고
더위를 내보내는 시그널

한낮 더위는 폭염 경보가
더위를 피해 잠시 머무르는 여긴
선선해진 바람이 여름을 잊는다
불과 한치 건너 확연히 틀린 공간

너는 어디 있고 싶니
또 우린 어딜 그리워할까
넘 더운 여름 피해 다가올 가을 기다림에
지친 열대야 단어 잊어 보았으면
여름 정말 가고 있니

그늘

햇빛이 유난히 심술을
부리지 못하는
한껏 지친 몸 잠시 기댈 수 있는
어두운 구석이 아닌
몸을 재충전하는 자리

언젠가 알고 지내던 곳이지만
한낮 유별난 태양을
피할 수 있는 자리의 고마움을

그저 춥고 어두움 있는 한 자리가
누구나 지쳐 앉아 쉼에 쉼을 더해도
한여름 이글대는 태양의 성질을
피할 수 있는 자리

전엔 감사한 줄 몰랐네
이제는 해가 바뀌어도
얘기하지 않아도
감사할 줄 아는 자리
더불어 삶을 잠시
재충전하는 자리

그늘

외진 자리 찬 자리
구석에 고개 숙인 자리 아닌
도심의 더위를 피해
누구나 무임승차 해도 되는
쉼할 수 있는 행복 충전소

8월의 끝자락 아침

덥다 더우다 노래를 불렀는데
이제사 본인도 지치나
아침 바람에 제법 찬기가 있다

유난히 열대야가 길어
허덕거리었는데 숨죽이고
숨죽이며 언제쯤 멈출까 하는
걱정에 밤잠을 설치던 여러 날들

이제 또 다른 기억의 저편이 될까나
결국 절기는 절기일 뿐인 것이 아닌 힘
처서도 지나고 백로가 코앞으로 오니
도저히 못 버티겠지

여름 내내 더위의 진가를
깨우쳐 주었기에 아우성만큼이나 고맙다
이젠 금번의 경험이 내년엔 큰 힘이 될 터

자연은 매정하지 않아 새로운 경험과 교훈을
동시에 준다 아침 찬바람이 스쳐 갔는데

이리 마음이 평온한 건 시간이 흐르면
결국은 떠나고 다음 계절이 올 수밖에 없는
순리의 순환을 만드는 것

가을은 어떨까
여름내 지쳐 누구나 이유 없이
반갑게 맞이할 터 어떤 특별한
요구사항 없이 찬바람 하나만으로
반할 듯하다

맷돌을 돌리고 갈아
콩물을 만들고 두부를 만들듯
우리 삶의 달그닥거림도 언제나
만들어지고 흘러간다

한껏 힘이 들어도 버티고 나면
행복도 결국은 온다
포기하지 않고 늘 맞서며 이기고
나가 끝내 서있는 공간을
아름다움으로

만드는 멋진 삶의
8월을 보내는
끝날이었으면 합니다

고개 숙이는 벼이삭처럼

땀방울 송송 오늘도 어김없이
현장을 누비고 누비고
나의 역할에 힘을 쏟았네

나만 그런가 싶더니
살아 오늘을 맞이한 이는 모두가
자기의 역할 속에서

들녘에 익을수록 고개를 숙이는
벼이삭이 왜인가 영양이 충만한 탓에
더 큰 욕심은 뒤로하고 차오르면 숙이는 법

모든 적당할 때 순환도 소통도 잘되고
막히고 다툼이 없을 터
고개 숙인 벼이삭의 진리를 잊지 말아야

순진무구한 사랑

손을 잡을까 말까 꼼지락 꼼지락
주머니 속 손이 고민한다
덜컹 꺼내 불쑥 잡으면
휙 뿌리치고 달아나지 않을까

코스모스 하늘거리는 들길 따라
쭈욱 걸으며 내내 소녀의 손을
잡지 못하고 두근거린 손만
꼼지락 꼼지락

들길 끝나 마을길 접어들어
용기는 한풀 꺾이고
같이 걷던 걸음조차 한발 뒤
물러나 쫓아간다
혹여 눈에 띌세라

저만치 어귀에 소녀 집 보이고
마지막 용기는 길모퉁이 들국화
군락지 쏜살같이 뛰어가
한아름 꺾어 건넨다

하얀꽃잎 둥글게 스무개 남짓 감싸고
가운데 동근 샛노란 꽃술 자리한
들국화를 가슴에 뜻밖에 한 아름 안은
소녀는 수줍은 미소와 환한 얼굴을
소년에게 보낸다

그저 기쁘기만 했다
대문 열고 모습이 사라질 때까지
바라보았다
주머니 속 손은 여전히 꼼지락 꼼지락

벌초

거친 햇빛이 그 님에겐
일용할 양식이었나
유난히 쑥쑥 자라 버린 풀님들

그 님이 덕 보는 사이 누군가는 희생이
고은 자태 뽐내고 자리를 지켜야 할 잔디는
풀님과 그를 따르는 친구님들에게
맥없이 자리 내어주고 숨었다

숨죽여 숨어 오늘을 기다렸다
윙윙 요란한 예초기 칼날에
한풀 한풀 잘려 나가는 풀님들의
외마디 곡소리에
이제사 환하게 미소를 머금는다

아, 나도 쬐고 싶었던 햇빛
나의 태양아 반갑다
시원하게 머리 깎듯 그 님들은 깎이어
내년을 기약하고

지금부턴 다시금 내가 우위를 점할 터
7일 후엔 백로 아니더냐
변치 않고 돌보는 자손 덕에
행복을 움켜쥐고
윙윙 굉음 자손도 나에게도
오늘은 선물…

그림자 7

아침엔 점점 길어지며
시간이 지날수록 키 자랑

점심이 되면 그 큰 키 자랑은
언제 했는가 싶게 작아지고

저녁 무렵이 되면
어느새 다시금 키 자랑

어둠이 오면
어둠에 묻혀 모습을 감춘다

내가 있는 빛이 있는 곳엔
언제나 작든 크든

나와 함께 꼭 붙어있는 사이
지금 침대 위 자판치는 손 그림자
여전히 함께하듯

우리는 그런 사이
다툼도 없이 쭈욱 지켜봐 주는 지킴이

그림자 8

그림자 보고 그림자 속에 나를
그림자처럼 그림자 된 나를
그 옆에 응원하는 또 다른 그림자

그 그림자 내 손을 덥석 잡고
슬며시 새끼손가락 까닥까닥
내 그림자 새끼손가락 걸고

그 옆에 또 다른 키 작은 그림자
슬며시 파고들며
새끼손가락 갈라놓고
양손 벌려 맞잡으며 흔들흔들

내 그림자 그 옆 그림자 키 작은 그림자
하나 된 그림자
변치 않고 손 떼지 말아야 할
내 삶에 동반 그림자

새벽바람

감긴 어둠을 서서히 헤지며
하루가 시작되는 신새벽
코끝에 제일 먼저 인사하는 바람

얼마나 기다리고 고대했던 님이더냐
코 지나 입술에 가슴을 온몸을
휘감아 돌고 떠나고
더운 열기 털어주고

연이어 오는 님은 발끝을 걸치고
허리를 휘감아 목줄기에 입맞추고
머리카락 춤추게 하고
시원한 내음 흩뿌리고

미명의 신새벽 검은 어둠이 풀리며
맞는 내가선 시작의 첫 손님
계절의 변화무쌍한 바람 내음을
내게 주고 네게도 주며

새벽을 맞는 모든 이에게
오늘의 첫 끈을 행복 미소로
쥐어주는 오감을 들썩이게 한
새벽바람 너는 오늘 아침 선물

아픔은

낭만도 사라지고 의욕도 떨어지고
어제는 펄펄 뛰어다녔는데
하루가 바뀐 오늘은 완전 딴판

세상은 바뀐 거 없고 그냥 같은데
또 다른 나는 180도 다른 세계에 떨어진 듯
작은 아픔에도 신체가 민감한데

정말 큰 상처엔 호들갑
혼비백산은 불 보듯
제일 똑똑하고 재주 있지만
아픔은 가치관을 확 꿰맨다

누구나 아픔 앞엔 고개를 떨군다
이겨 버티어 내는 인내와
용기만 필요할 뿐 여타 다른
논쟁을 참견할 정신이 없다

아픔은 사람을 가장 나약하게 만들고
때론 진실을 가릴 수도

살기 위해 무엇이고 던질 수도

있는 것이 아픔

아픔은 가장 경계해야 하는 위험

한순간에 모든 것을 뺏어갈 수 있기에

명절 시장통

각양각색의 물건 즐비하듯
먹거리 즐비하고
다양한 목적에 장바구니 들고
이 상점 저 상점 흥정하는 풍경

엄마 손잡고 아장아장 첫 외출 아가
눈이 휘둥그레 연실 두리번하면서도
엄마 손 놓칠세라 끌리듯 졸졸졸

평소보다 많은 인파 주름살 깊이 파여
나물 다듬는 손 할매에 웃음 띤 얼굴
오늘은 휩쓸려서라도
내 것도 하나 집어가겠지

그 옆 옛 도너츠 진빵 찌는 할배 손
분주하고 연실 이어지는 손짓에
봉지 담는 소리 부시락부시락
입꼬리 올라간 미소 진 얼굴

박스 깔고 과일상자 바구니 펼쳐놓고
소리치는 중년 부부의 호객에
하하하 웃으며 옥신각신 흥정
늘어나는 빈 박스 속 웃음

빈 박스 찾아
멀리 가지 안아도 옆서 버려지는
박스 자연스레 주섬주섬
구릿빛 팔뚝에 쭈글한 손등 할아범
오늘은 나도 장날

기다림

정류장 의자에 앉아 버스를 기다린다
전철역 철로를 바라보며 목적지 향한
열차 기다리고
이렇게 기다리며 갈 때가 있다는 것은 행복

스산한 바람이 옷깃에 엉킨다
팔짱을 감아쥔다
누군가 기다리는 것은
보고 싶은 이가 있다는 것
이것 또한 무한한 행복

보내기 위한 슬픔 기다림…
맞이하기 위한 기쁨 기다림…
이 모든 것이 엉키고 설키어
사는 삶의 하루
내일을 위한 또 다른 기다림

기다림은 결국 행복이다
한치 앞이 속속 변하는
기다림에 연속
설레는 가슴
웃음 가득 이어지는 기다림의 일상

그림자 9

시크한 눈빛 교환
환한 웃음 내 몸짓 하나도
놓치지 않는 또 다른 나

언제나 나를 지켜보며
때론 꾸짓듯 칭찬하듯
한결같은 또 다른 나

이제 그만 하면
따라서 이제 그만
벌러덩 누웠다
하늘을 보니
하늘을 보는 건 나 혼자

가만 보니 같이 누웠다
그림자 내 등짝에
딱 붙어 내 숨소리 리듬 타고
하늘 감상 같이하고 있다

결혼

파란 하늘 아래 행복의 낙원
대지를 적시는 하늘의 선물을
땅은 드넓은 온몸으로 맞이하고

그 밑 새싹은 붉과 하늘
붉은 태양 햇살 머금으며
새로이 꿈틀거리며 탄생을 준비한다

어색한 만남에서
눈치 보며 흠결 잡아내려 하는
시간 넘어 도착한 곳 어느덧 종점

남과 여로 유심히 지켜보며 시간에
구애받지 않고 선택한 끝자락
성큼 서로를 알아가기 위한 미로 속에서
막 나온 한 쌍의 봉황

종점과 끝자락은 끝이 아닌
새로운 시작점
여지껏 홀로선 선을 넘어

둘이선 출발점

결혼의 인연은 덫이 아니고
하나의 선을 이어가고
행복을 움켜쥐는 보물섬

동반자와
거친 파도 풍랑에 맞서며
언제 어디서나 꼭 잡은 손
변치 않고 놓지 않는 자물쇠

오늘 결혼하는 날
세상과 모든 이들이
내게 주는 선물

제5부 ··

여울목

고요

아 적막감
아 침묵의 선과 선이 만나
이어지고
아 소리가 죽고
귀가 닫혔다
아 모든 것을 내려놓은 듯
다가온 고요
아, 그저 좋기만 하다

여망

새벽 강가 물깃을 털고 비상하는
저 새들에게서 오늘의 희망을

고즈넉히 부는 바람 심금을 흔들고
강가 옆 갈대도 내 마음 따라 하늘거린다

막 선잠 깬 풀숲 풀벌레의 울음도
땅의 아침을 알리고 이름 모를
풀잎에 누워있는 맑고 영롱한 이슬도
한몫한다

잔잔한 강가 물결은 아직 꿈나라인 듯하지만
강물 속 생명체들은 이미 깨어
꿈틀거리며 그들만의 아침을 준비한다

나 여기 미명의 아침 선 강가에서
어제의 미련을 털고
한껏 부린 욕심 비운다

버리고 버려도 내 살아 숨 쉬는 한
끊임없는 욕심이 새로이 자리하겠지만
새 희망은 물깃을 털고 비상하는 새처럼 품고
그것은 버리며 비우기를

내 삶에 나날이 새김에
욕망을 담은 그릇 넘침에
허둥대기보단
잔잔한 그대로 평온함의 여망
이것이 내 가슴 호수에 던져진 돌

가을이 손 닿으면

산책길 키다리 풀잎 그 위 또르륵
구르는 이슬 머금는 풀벌레의
마지막 만찬 속 울음 외마디에
기쁨의 박수를 치고픈 맘

가을이 손 닿으면

아쉬울 듯하지만 가는 님의 슬픈 이별
뒤안길처럼 마중하지 않아도 되는 이별
이것이 여름이었고 이제사 다가온
코끝 스치는 시원한 바람향기에도
입꼬리 올라가는 미소

가을이 손 닿으면

손 내밀기 전 내가 손 건네 잡고
박수 쳐 두 팔 벌려 안아
환영하고 싶은 이 마음의 계절
모두가 자기의 시간을 멈추고서
자연스레 엉켜 춤추고 픈 계절

가을이 손 닿으면

멈추어진 감성의 나래 펼치고
흩날리는 낙엽과 벤치에 앉아
막힘없는 사색의 늪 속을 헤엄쳐
늪 건너 또 다른 세계의 상상을
맘껏 펼치고 푼 설레임

때

이마에 땀방울이 멈춘다
반팔은 긴팔로 바꾸어 입었다
햇살도 온도를 내린 듯하다

새로운 계절이
안 올 것 같지만 결국은 왔다

때가 되면 순환하는 것이다

설익은 벼이삭처럼

황금 들녘 알알이 꽉 찬 벼이삭보단
2% 모자란 벼이삭에게 손뼉 치고

활짝 웃음 띠며 개화한 구절초 하얀 들녘보단
아직은 웅크리며 꽃봉오리 토해 내기 전
한 줄기 빛을 더 기다리는 들꽃에게 박수를

요란한 울음 귀청 떨어지게 들리는 귀뚜라미의
합주곡보단 나지막이 끊기듯 말듯
들리며 파고드는 이름 모를 풀벌레에게 손뼉을

철이 든 성년의 완벽함보단
잔소리를 듣고 사는 청년에게 박수를

다해서 더할 것이 없는 거보단
늘 부족해 채우려 하는 몸짓에 손뼉을

설익은 벼이삭처럼

가을 발자욱 내음

스산한 바람 옷깃 스침에 바람 내음
옷깃에 머물고
그 실바람에 기댄 향기를

저만치 녹색 산아가 오색으로
탈바꿈하며 자아낸 붓터치
자연 화가가 건네는 선물

강가를 향해 하강하며 한입
물고 비상하는 물새들에서
풍성한 계절의 풍미를

파란 창공 살포시 부는 바람에도
살랑살랑 나부끼듯 내리앉는 낙엽의 춤

은행잎 뒹구는 노오란 가로수길
벤치 다리 꼰 중년 신사의 사색에 잠긴 모습

스산한 바람 오색의 색동옷 산야
강가의 물새 낙엽의 춤사위
파란 창공 밴치의 중년 신사

가을 발자욱 내음

여울목

여튼 풀잎 반쪽 갈라선 반쪽 갈잎
너는 여름 나는 가을

키다리 풀잎은 고개 숙이고
진한 갈색의 갈대와 어울려 춤추는 바람
너는 여름 나는 가을

빨랫줄의 허수아비들 반팔과 긴팔이
엉키듯 나부낌 너와 나의 공존
같은 듯 다른 사이

시나브로 스치듯 잠시 머물러
시샘하는 곳 나는 너를 너는 나를

가을

하늘이 너무너무 높이 걸렸다
저 건너 푸른 숲은 갈색과 붉은 물감 흩뿌린 듯
내게 불어온 바람에 달콤한 메시지 실어
네게 부는 바람 편에 보내고
수북이 쌓인 길거리 낙엽과
내 발길과 어우러진 사각사각 하모니

가을

그 당당하던 힘찬 기상 어데 가고
고개 숙인 풀잎에 잦아든 풀벌레 울음서
숨 막힐 듯 뙡더위가 언제인 양 선선한 바람
쫓기듯 쿵쾅대던 가슴에
차분히 가라앉힌 마음의 지리를 내어주는

가을

나무와 나무 사이 자유롭게 오가다
한끝 흔들리는 가지에 멈추어
곡예하듯 뽐내는 청살모의 분주한

겨우살이 준비
도토리 밤 움켜쥔 앞발과 조근조근
까먹는 입 모양의 풍요
다람쥐의 낯설지 않은 식사

가을

가을은 평화롭다
가을은 풍요롭다
가을은 서정시다

먹칠

새까만 그대가 그리운 날
하얀 도화지면 더 좋겠다
한쪽 끝에서 반대 끝자락까지
하얀 틈 안 보이게 칠하고
덧칠 하고 싶다

가리고 싶은 것
보이기 싫은 것
감추고 싶은 것

멈추어 서면

멈추니 알 수 있다
내가 어떻게 걸어왔는지
내가 어디로 갈 것인지

멈추니 알 수 있다
보이지 않는 것이 보임을
그릇된 길을 돌아봄을

멈추니 알 수 있다
지혜의 샘도 보이고
욕심을 버리는 샘도 보임을

멍

아침 오는가 싶더니
이내 저녁이다
밤이라 생각하고
잠시 있다 보면
스스륵 눈이 감기겠지
그리곤 또 아침이 올 테고
머릿속 하얘지는…

바램

허공에 글자가 춤추지만
내 춤이 될 수 없다
목마름만이 가슴에 남아

다 끌어모아 절묘한 표현으로
휘감아 세인들의 가슴을
사로잡고 싶지만
내가 부리는 재주의 한계

가벼이 창공을 자유로이
나는 새처럼…
언제고 무엇을 적어도
모든 이가 공감하는…

허공에 흩어진 글자를 모아
내 자유로운 춤 속에 녹여
내 춤을 추는 날

더 이상 또 다른 기대를
하지 않아도 되는 날
별이 된 내 날

별이 된 내 날

누구나 한 번쯤 일 등이고 싶다
아니 반복적이면 더 좋다
누구나 부자이길 원하지만
그 길은 쉽지 않다

때론 의아해 진다
가난하긴 쉬운데
부자가 되는 건 어려운지
지는 건 쉬운데
이기는 건 어려운지

마라톤 13년의 열정
산악마라톤 꽃
2024년 9월 29일 제12회
설악산악 마라톤 27km 대회

어둠과 별과 거친 바위와 돌
바람이 친구 된 능선길 넘어
피니시 라인 일 등으로 05:29:05
골인하는 60세 소망 이룬 날

세상을 다 가진 듯
차오르는 엄청난
엔도르핀을 잊을 수 없는 날
별이 된 내 날

그리운 단풍잎

타들어 간 잎이 쉽게 회복 못 하고
주저앉아 버린다
하늘도 바람도 제 계절을 찾았는데
나무 잎새들만큼은
탄 잎 머금고 어찌할 바 모르고 서성인다

그저 많이 아파서
제 빛을 발하지 못하고 그대로
못난 모양으로 주저앉을 듯하다
서울 벗어나면 다를까 했었지만
며칠 전 춘천 의암호의 나무들도 그랬다

볕이 유난히 뜨거웠던 흔적이
10월의 끝자락 정취마저 흩트린다
사색의 계절에 풍미마저
사라지면 어쩌지
아직은 쉽사리 벗어날 수 없는
콘크리트 숲 창가에서

가을이면 가을 잎새들의
옷매무새 경쟁을 숲의 명작을
그를 보는 평온을
잃지 않고 싶다

바람개비

바람이 불면 부는 대로 춤춘다
바람결에 실려 오는
수많은 사연도 잠시
나와 섞어지면 동심 세계로

한시름 내려놓고 훨훨
자유로운 영혼
바람에 맡기고 싶은 날
바람결에 도는 바람개비 되고픈 날

어느새 다가와 속삭여도
큰 소리 쳐도 다 들어주고
잊게 해주고 나와 같이 돌다 보면
자유로운 영혼 되어 훨훨

모든 시름 내려놓고플 때
내게 오면 훨훨
다 잊어버리고 훨훨
바람 따라 돌고 도는 바람개비

아침을 기다리는 이슬

낮보다는 어둠을 껴안고
어둠이 낮보다 아침을
보기 빠르기에 좋아한다

밤하늘에 달님이
그 옆 별님이 한술 더해 친구들과
별빛 자랑할 쯤은
깊은 밤이기에 더 좋아한다

별들의 속삭임이 지나가고
어둠을 갈라치기하니 흐려진 어둠 속에
한 줄기 빛이 나를 맞는다

밤새 인내한 작은 몸짓으로
휘어진 풀잎에 매달려 맑은 눈으로
빛과 마주하는 나는 이슬

아침을 기다리는 이슬

도르륵 굴러 잠시 후 사라지는

슬프디 짧은 생 속에 맑은 영혼
세상에 던지고 사라지는 이슬

아침을 기다리는 이슬

단풍잎

새벽 이슬이 나를 훔치기 전에
뽐낼 만큼 뽐내 보려
긴 터널의 끝을 나왔다

원하지 않는다 하여 피할 수 있는
볕이 아니기에 쬐이는 대로
맞았다

잎새만의 예쁜 색깔만 입힐 볕만
원했지만 그러지 못해
화사함으로 변신하여 나오진 못했다

긴 터널 속에서 나의 본모습을
만들 수 없었지만 터널 끝에선
제철 만난 과일 자태 일부처럼
가꿀 수 있었다

마지막 나의 몸짓은 제자리 찾은
자연 바람이 제 기온과 어우러져
끝장의 붓 터치로 치료하였다

내가 가을의 여신이요
홍일점이다 내가 없는 가을의 나무는
숲은 길 잃은 그 무엇이다

세안

아침이 부른다
이불 재치고
밤새 시름 털어낸다

또 다른 시작
세면기엔 내 시름 끼고
누군 털고 누군 맞이하고

뱅뱅 돌아가는
팽이의 무대처럼 변함없는
오늘의 세안

자유의 아침

눈을 뜨면 평온하다
늘 비슷한 시간이지만
일주일에 한 번씩 맞이하는 자유

기계가 돌다가 멈추면
사고지만
사람이 멈추면 윤활유 된다

회사원이면 누구나
너무나 기다려지는 멈춤
자유의 아침

제6부 ⋯⋯⋯⋯⋯⋯⋯⋯⋯⋯⋯⋯⋯⋯⋯⋯⋯⋯⋯⋯⋯⋯⋯

구르는 돌

구르는 돌 1

본시 내 모습은 무엇이지
울퉁불퉁 딱딱
가만히 있을 땐 금시 알았는데

비탈길 내려오며 이리 부딪치고
저리 부딪쳐 깨지고
내 모양이 동그래 변하니
내가 나를 잊은 듯

나는 돌
구르며 다듬어진
수양 덕에 동그래진 공 같은

돌보단 이젠 공처럼 살아야
한 계단 오른 돌의 삶
나는 구르는 돌

별빛아

환한 낮보다 어두운 밤을 즐긴다
초저녁보다 어스름한 짙게 깔린
밤을 좋아한다
도시에서보단 한적한 시골 마을
앞마당에서 더 빛난다

나는 밤이 깊어 갈수록 빛난다
나는 길잡이이며 파수꾼이다
나를 모르느니 없고
나를 항상 기다리는 이들에게
행복과 사랑을 건넨다

내가 빛나는 밤에
어느 벤치의 두 남녀는 포옹하며
나를 찬미하고
진한 사랑을 속삭인다

어둠이 나를 생명체들이 나를
그중 으뜸인 사람이 나를

기다리며 만나고 노래하는
별빛은 내게도 콩깍지 씌어진 사랑

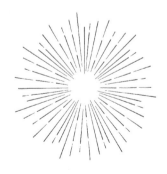

찬바람 시비

문지방 너머로 찢겨진
창호지 사이 틈 비집고 파고드는
찬바람 난 별로 안 좋아하는디

나한테 왜 자꾸 다가와야
난 부른 적 없소 얼릉가시요
가라 해도 안 가는 저것을 어찌할꼬

이불 뒤집어쓰고 막아보지만
그래도 추웁다
나도 이런데 우리 엄니는 어쩔꼬

방문 살며시 열어 디다 보니
다행일세 찬 공기 들어오는
틈새이 없어라

곤히 잠든 어머니 볼에
입김만 불어 넌 터라
얼른 방문 닫고 나선다

비비작 비비작 풀 괴어
틈새 오려 붙이고 누우니
내 자리도 아랫목 온기 살아나고
스르륵 잠이 든다

신호등

우리가 움직이는 공간에 언제나 그가 있다
그는 그저 서있을 뿐이며 때론 손짓으로
대부분은 색으로 색을 구분 할 줄 아는 생명체에게
신호를 보낸다

그 많은 신호를 보내지만 패턴은 어렵지 않다
그 많은 신호 속에서 수없이 많은 생명체가 신호를
놓친다 그런 순간 다가오는 것은 암울하다

대부분 생명체들은 어둠에 빠지지 않으려
애를 쓰며 지혜를 기른다 그런데도 지혜가
헛되이 무너져
제 풀에 제 발등 찍는 우려를
알면서도 범한다 그 앞에서

신호등은 말이 없다 수없이 많은 각양각색
사연들을 빤히 보지만 지켜볼 뿐이다
본연의 일에 충실할 뿐

흑백눈 강아지나 오토바이 탄 이가 트럭이

때론 사람이 부딪쳐 사거리 난장판이
되면 강제멈춤에 잠시 수신호 일지만
신호는 멈춤이 없다

말 없는 신호등이지만 따르고 안 따르고
확연한 차이가 들어나 세속에 존재하는
이들에게 말없이 수없이 멈춤 없이 존재하는
신호등의 규칙을 따르라 빨강 황색 파랑으로
얘기한다

이것은 생명체들이 인지해야 하는 필수
어기면 형벌이 주어지고 곧 고난이 된다
말 없이 존재하는 질서의 파수꾼 있어
자유로운 세상에서 규칙을 따라야 하는
진리의 표본을 전한다

담쟁이

담벼락 딱 붙은 우리는 다른 듯 같은 한몸
쓰물쓰물 어디든 잘 타고 올라가는 재주 있어
언제나 자유로운 여행

다재다능 번식력에 내가 있는 세상은
마치 인체의 지도 속을 엿보는 듯
방사형으로 뻗는 줄기는 핏줄의 향연

새순이 움트는 봄에 나의 인기는 솔솔 시작
연녹색으로 물들며 초여름 열기 내 몸 던져
막아주니 내가 있는 곳은 시원함과 아늑함이 선점

옷차림 변신하듯
서서히 황녹색으로의 변신은 담벼락에 붙어 피는
신기한 도발 뒤이은 줄 선 부대 사열받듯 일정한
간격에 뭉쳐 태어난 열매는
날갯짓하는 자유로운 새들에 바치는 식량

찬바람 들어서는 초겨울 몸에 살 다 털고
담벼락 펼쳐진 모습은 확대경으로 보는

혈관 같은 착각은 섬세히 뻗치고 이어진
거대한 그림 속 작품의 중심

새에게 나를 희생하며 내준 덕에 일부는 전국에
실어나르며 어디든 자유롭게 태어날 수 있는
힘 되고 내 세상 넓히는 일거양득
억척 끈기 배울 점이 가득 찬 훌륭한 삶의 리더

바람과 섶귀

바람이 내게 오면 제일 먼저
인사하고 마중하고
슬며시 파고들어 섶단을 간즈른다

가을인가 싶더니 찬바람
금시 스미니 겨울 시작인가
바람의 온도 차 맛 선점하고
섶단 넘어 지그시 내 살에 알림을

내 두루마기 끝자락이지만
내 매무새 끝선이자 시작점
아무도 기억 못 하듯 스치지만

나를 통과한 님들만이 시나브로
살과 섞여 심층 교감할 수 있기에
뭐니 뭐니해도 우리가 최고
나는 시작점 바람 끝자락 섶귀

구르는 돌 2

돌이 되기 시러 구른다
돌이라 돌로 머무르는 건 삭막하다

자리 차지하고 서있기 싫어 구름을 선택했고
구르니 모가 난 나의 조각이 떨어져 나갈 때마다
점점 새로운 세상과 만났다

동그래지며 빨리 구르니
서있으매 보는 세상과 너무 달랐다
이젠 공처럼 자유롭게 쭈욱 구르련다 구르는 돌

일기

한동안 멈췄다
왜 멈추었지

바쁘게 살았나
이런저런 이유야
늘 존재하겠지만

꾸준한 습관의 중심을
살며시 놓지 말자

놓는 것이 편하면 그리하되
아니면 해보자

과거 내 말들을
생각들의 책장을

뜨거운 커피 한잔 향기와
가끔 음미해 볼 때마다 괜찮았지

지난 것을 들추고 볼 때
더 뭐랄까 그랬어

첫눈 (11.27.)

모두들 기다렸을까
늦은 발걸음이기에 그랬을까
하얀꽃을 하늘은 펑펑 뿌렸다

연애 시절 하늘에서 하얀 가루만
흩날리다 멈추거나 하면
라디오에선 첫눈이다 아니다
연인들도 만나러 가야 하나

고민하며 하루를 보내고
다음 날은 의견이 갈리어 약속에
나왔니 안 왔니 실랑이하던
첫눈의 기억이 저 눈송이 속에
아른거린다

그래서 각기 룰이 정해지던
흩날리기만 해도 싸레기 눈은 안 된다
함박눈이되 녹지 않고 쌓여야
하하하 호호호

기다림은 만남에 대한
사랑이고 기쁨이었다
초겨울 11월 달력을 바라보며
기다리던 첫눈

시간은 갔지만 새로운 기대감의
첫눈은 늘 마음의 한자리 차지하고 있다
첫눈 오는 날 짓궂은 날씨 걱정 반
일하는 데 지장 반 맘 사이로
첫눈을 맞이하는 오늘의 가슴은
아직도 뛴다

눈꽃 피고지고

하늘로부터 자유를 얻었다
특별히 바람 타고 내려오면서
갈 곳을 정하지 않았다

소나무 등짝 위 스레트 지붕 위
나뭇가지 간신히 매달린 잎새 위
내가 앉으면 내 자리요

가리지 않는 자유 덕에 나와
부딪치는 곳은 내 자리 되었다
욕심을 안 부린 탓에

울긋불긋 가을을 노래하는
단풍잎에 앉아 훼방을
아니 내가 함께하니
단풍잎과 어우러진 눈꽃은
자연의 걸작이 되었다

하늘의 축복이 길면 내 생명도 길고
짧으면 짧디짧은 나의 삶

나에게 자유를 주고 더 긴 자유를
주기 위해 찬바람 보내니

눈꽃 되어 하얀 그리움 그리는 이들의
발걸음 멈추게 한다

하얀 눈이 내리는 날은 태어난다
어떤 날은 반시도 안 되어 모습 감추고
어느 날은 아침부터 해 질 녘까지만 모습을 보인다

그래도 내 좋아하는 날은
나를 기다리는 그리는 이들이
축복하듯 지켜보는 곳의 머무름이라
그곳에서 피고지고를 반복하는 눈꽃 됨이라

12월

정말 온 거니
밤이 길어진 덕에

퇴근 무렵 환한 햇빛이 가라앉는
석양 대신 어둠과 함께하니
금시 알것다

엊그제 첫눈이 인사를
아주 기억에 남을 만큼 안겨줌에
아, 이때쯤이면 하고 알것다

아, 한 해가 다 간다는 메시지
차곡차곡 쌓인 열한 달에 기억에
후회 없을 한 달을 더 얹는다

마무리를 잘해야 한다는
의무감 가득 차 머릿속이 미묘하다

놓치지 말자
12월의 이야기들

겨울맞이

차디찬 바람이 옷섶을
파고들며
살을 간지럽힌다

살을 떨어낸 나뭇가지들이
바르르 떨며 마지막 매달린
갈잎을 떨군다

이제 거리에 당당한 모습보단
움추린 듯 종종걸음이
두툼한 외투 차림이 더 많다

하얀 눈이 솜사탕처럼
나부끼며 살포시 내려앉으며
미소 띤다

아 겨울맞이
두툼한 잠바 하나쯤
발 안 시린 신발 하나쯤
준비해야겠다

그림자 10

볕이 드는 아침이면 만나고
해거름이면 헤어진다

하지만 헤어짐이 아닌
만남은 어둑한 밤에도 이어지고

신발 벗은 집이다 하여 끝나지
않는다

빛이 태양에서 가로등 형광등에 어린
종류만 달라질 뿐 내 곁에 딱 붙어 있다

말 없는 영혼 나의 동반자
침대 위 짙은 어둠 눈을 감고

잠들면 이제사 떨어지는 걸까
히히 눈에 안 보일 뿐

내 등짝에 딱 붙어
단잠을 같이한다

낙엽을 바라보매

바람이 달려와 나뭇가지와
부딪쳐 떨구는 잎새

큰 잎 작은 잎 모두
낯설지 않은 모습으로 떨어지매

수북이 흙 위에 한 겹 더한
이불을 깐다

흙은 좋아라 하고 나무는 운다
겹겹 수북함을

그 한편 청소마대 팍팍 욱여놓아
빈자리 만드느니 있기에

흙의 따스함도 잠시 될까
낙엽이 쌓일수록 비워질수록

또 다른 그 무엇이 옴을 안다

부록 ···

기사, 단상

상어 떼의 습격 그리고 어부의 삶

조태궁
2024.12.15. 14:58

바다를 생업의 터전으로 살아가는 조각배의 어부는 어제도 오늘도 매일같이 바다를 향해 그물을 던진다.

한 집안의 가장이기에, 자식을 둔 어부는 바다에서 출렁이는 파도를 벗 삼아 비바람이 불어와도 배만 띄울 수 있다면 좋았다.

편히 다리 뻗고 눕기보다는 자신을 기다려주는 자식들의 투정을 한 가지라도 해결해 주어야 했기에 지친 기력도 눈 녹듯 사라졌다.

여느 아버지는 틈만 나면 산으로 들로 나가거나 비행기를 타고 콧바람을 쐬러 해외여행을 나가지만 부럽지 않았다.
나는 나의 할 일이 있기에 어부로서의 삶에 충실할 따름이다.

날씨도 꾸물거리는 어느 고단한 날이었다.
그래도 주섬주섬 준비를 마쳐 돛을 세우고 배에 올랐다.

오늘도 어김없이 어기여차 힘을 내 바다를 향해 그물을 던졌다.

그러나 얼마 지나지 않아 묵직했다.

제법 큰 놈이 걸린 것 같았다.
게다가 배는 곧 기우뚱하며 끌려가기 시작했다.

하지만 어부는 있는 힘을 다해 그물을 끌어당겼다.
해수면으로 살포시 고개 내민 자태는 제법 큰 덩치의 참치처럼 보였다.

이런 횡재가 나에게로. 온 힘을 다해 잡아 올리면 오늘은 온 가족 21명이 잔치를 해도 될만한 바다의 선물이었다.

그런데 더 이상 그물은 좌우로만 움직일 뿐 당겨지지 않았고, 오히려 배가 조금씩 딸려 가는 듯했다.

그놈 참! 힘이 세네. 그 순간 배의 아래 선저 쪽에서는 여기서 쿵! 저기서 쿵! 하는 소리가 들렸다.

더군다나 꾸물했던 하늘에서는 빗방울이 떨어지기 시작하고, 배와 그물이 밀당을 하고 어부의 팔목에는 힘도 사라지기 시작했다.
슬픈 듯 울음소리 같은 바닷바람은 더욱 거세지고, 눈앞에 까맣게 보이는 삼각자 형태의 표식들은 다름 아닌 상어떼로, 그물 주위를 맴돌며 오히려 물어뜯고 있었다.

오늘만큼은 바다의 선물은 바로 내 것이다.
뺏길 수 없다며 정신을 가다듬었다.

배 밑에서는 무엇인가 계속 부딪치는 소리가 멈추지 않고, 바다 위에서는 쟁탈전!
그물 속에 갇힌 놈도 상처가 났는지 핏물이 번진다.

앗! 해수면의 그물 속 갇힌 놈은 참치가 아닌 상어 한 쌍의 모습으로 순간 머리가 하얘졌다.

그물을 물어 당기는 상어떼는 자신의 아빠, 엄마를 구출하려는 자식들의 피 튀는 작전이었던 셈이다.

배 밑의 쿵 소리는 몸을 던져 조업하던 어선을 부수려고 하는 것이다.
배는 어느새 기울기를 시작하며 바닷물이 새어 들어왔다.

좀 시간이 지나면서 뿌지직 소리가 난다. 이런, 배가 쪼개지고 있어.
잡는 것이 아니라 이제는 살아야 한다는 필사의 탈출이 이어졌다.

자신의 아빠, 엄마를 잃을 것 같은 상어떼의 습격이다.

난파선이 된 반쪽 배에 그물은 걸어놓고 반쪽 배에서는 불어오는 비바람과 바다의 상어떼를 벗어나야만 절체절명의 순간이란 생각만이 가득했다.

19명에 이른 자식의 고생은 차치하더라도 바로 옆 아내마저 감당할 수 없는 짐이다.

다가오는 무서운 운명의 시간을 이대로 받아드릴 수 없는 실정이다. 여기서 죽는다는 건 남은 가족에게도 가혹하다.

살자! 살자! 살아야 한다. 때마침 엄청 큰 물보라가 일어났고 집채만 한 고래가 삼키는 걸 보았으며 그만 정신을 잃었다.

눈을 뜨니 잠잠한 바다 위 돛대 반쪽만 움켜쥐고 살아있었던 것이다.

급기야 그물에 걸린 것도 그 많던 상어떼도 어느새 사라졌다. 일부는 먹히고, 일부는 도망을 친 듯싶다.

하늘은 대가족을 거느린 어부를 버리지 않은 것 같다. 손과 발은 작은 노가 되어 녹초가 되어 그의 집에 돌아왔다.

그날 저녁에 가족이 모여 바다 이야기를 전하니 각기 달랐다.
반신반의하는 놈, 고기잡이 말고 다른 거로 많이 벌어 맛있는 것을 먹게 해달라고 조르는 놈, 자식이 여럿이니 19가지의 각양각색이 터져 나왔다.

그래도 믿음직한 한 놈은 "아빠가 돌아오신 것이면 충분해요." 하는 놈이 있어 다행이었다.

어찌 내가 키우고 살지만 다 내 뜻 같으랴, 세상살이가 내 마음대로 되는 것이 아니려니.

거짓말쟁이들의 집 자랑

앞에는 끊임없이 떨어지는 폭포수가 있고
그 물속은 말할 수 없이 깨끗하다.
푸른 동산은 이 마을 아이들의 놀이터이다.
이 마을은 다른 마을과 달리 특이하다.
부모님이 아니 할아버지 이전부터
거짓을 주장하던 사람들이 하나둘 모여 이루어진 마을이다
그러하기에 이 마을에선 태어나자 배우는 것이
거짓말이다. 우스갯소리로 응아 하고 울음소리 내고
태어난 아기는 아들인데, 궁금하여 옆집 사람이
물으면 자연스럽게 딸이라고 대답한다.
아이가 남녀를 구분할 때 즈음 아들인데 왜 딸이라고
대답하였냐고 물으면 그런 적 없고 아들이라고
얘기했던 걸요 한다. 특이한 듯하지만 당연한 말이다.
이곳 마을 사람들의 특징은 눈, 귀가 작고 코, 입은 크면서
이마는 몹시 좁으며 손가락 사이가 엷은 막으로 되어있다.
아마도 듣는 것을 중시하지 않고 자기주장이 강하며
참말에 아니라고 우기는 것이 만연되어 입은 크며

손은 오리발처럼 변한 듯하다.
이런 마을에 태어날 때부터 귀가 크고 입이 작은
아기가 태어나 마을 사람들을 놀라게 했다.
본인 모습들과 다르니 별종으로 취급되었다.

애나 어른이나 거짓말이라면 타고난 재능이 있는
마을에서 마을잔치가 열렸다. 잔치 중 거짓말 집 자랑은
잔치의 꽃이기에 상상할 수 없는 만큼의 상금과 금이
주어진다. 드디어 시작되었다.

첫 번째, 수염이 덥수룩한 것을 보니 제법 나이가 지긋하신 듯하다.
(우리 집은 어찌나 큰지 대문 열고 아침에 출발하여 부지런히 걸어도 해 질
녘에 도착한 곳이 겨우 현관 앞이라고 하였다. 대단하다. 우와!)

그러자 두 번째 단정히 흰머리 족두리 올린 분이 나섰다.
(우리 집은 안방 문을 열고 들어가면 어찌나 큰지 방 끄트머리가 보이지 않
는다고 하였다.)
대단 대단, 함성이 터져 모두가 놀랐다.

이번엔 세 번째 가방 든 학생이 나섰다.
그 학생은 울음을 터트렸다.
(왜냐면 학교에 가려면 방에서 나와 거실을 지나가야 하는데 가도 가도 현관
까지 며칠을 가야 하기에 학교에 가서 공부하고 싶어도 못한다고.)

우와! 대박, 학생 승하였다.

심사위원들은 타고난 재능을 평가 순위를 정하려 할 때였다.
웅성웅성 소리가 나더니 이제 학교 갓 들어갔을 법한
키 작은 남자아이가 저도요 하고 말문을 시작하였다.
(우리 집은 대문을 열면 바로 현관문이고, 거실 옆에 안방도 있고 화장실도 있어요.
방에서 나와 화장실 가기 편해요. 안에 들어가자마자 바로 똥을 눌 수 있어요. 좋아요)
아이가 말을 마치자 웃음소리가 장내에 가득했다.

어이없는 비웃음 가득이랄까?
웅성웅성 역시 쟤는 태어날 때부터 우리랑 달랐어.
귀도 크고 입도 작고 별종이었지.
그러니 거짓말을 못 하지.
잠시 후 심사평이 있었고, 영예의 수상자를 발표하였다.
1위는 모두가 갸우뚱하였다.
그 귀 큰 참말을 한 소년에게 돌아갔다.
심사평 이유인즉 거짓말 마을 집 자랑에서 가장 거짓말을
잘한 사람은 참말을 한 사람이 진짜 거짓말이었다는 것이다.
태어날 때부터 별종이라 놀림당하던 소년이
소년의 본 것을 그대로 얘기한 순수함이 의외의 결과를 낳았다.
온갖 속임이 난무하는 현재, 한 번쯤 별종의 소년으로 돌아가
참말을 나도 모르게 한 것이 전염되는 세상을
기대해 보고 싶은 25년의 1월이다.